冰波

心靈成長童話集 3

冰波 著

新雅文化事業有限公司
www.sunya.com.hk

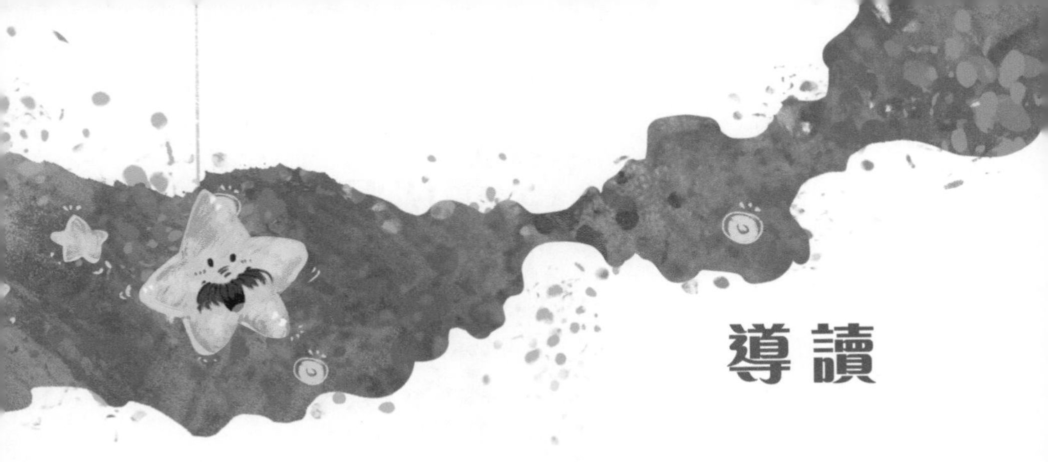

導讀

學會欣賞自己，接受自己

你是一樣怎樣的人？長得怎樣？性格如何？懂得做什麼？你會怎樣形容自己呢？

人們喜歡拿不同的人來比較，其實，每個人都有自己的特點和長處，每個人都是獨一無二的，不必與人比較，也不必羨慕他人。

比如《流星花》裏面，醜小花長得不及別的花好看，但是她沒有看不起自己，最終長成一朵最美最美的流星花。你也能像流星花那樣，長成漂亮又自信的樣子。

在《釘背龍住旅館》、《抱抱的煩惱》、《煩惱的大角》這幾個故事裏，釘背龍因為自己背上長滿了骨刺而煩惱，小章魚抱抱因為自己的八隻腳而煩惱，小鹿因為自己的大角而煩惱。不過，他們都由此發現到自己的另一面，原來我還有這樣的優點呀！那麼，你發現自己的優點了嗎？

有時候我們可能發現，有些事情總是做得不夠好。千萬不要因此灰心、氣餒！你可能只是沒有找到合適的方法和機會一展所長。不如，試試與人合作？《千里眼和順風耳》裏面，千里眼阿遠和順風耳阿聞合作辦報紙，互補不足，使《天下新聞報》做得越來越好。其實在與人合作的過程中，大家發揮各自的長處，用別人的優點來填補我做得不夠好的地方，這樣就能把事情做得更好，得到更大的進步。

我們每一日都在學習，每一日都在進步。看看這個努力成長的你，這麼特別，這麼可愛，怎會找不到值得欣賞的地方呢？我們要接受自己的個性和特點，學會欣賞自己，而且要相信：你，可以成為更好的你！如果覺得自己還不夠好，那就努力讓自己變得更好吧！

目錄

釘背龍住旅館

釘背龍就像他的名字那樣，背上全是像釘一樣的骨刺。他在地上滾一圈，地上就會出現很多洞洞。

釘背龍很喜歡出門旅遊。旅遊就要住旅館，他一住旅館，就會惹出麻煩。因為，他睡過的牀，上面全是洞洞。所以，旅館的老闆看到釘背龍來住，都很頭疼。有時候，乾脆把他拒之門外。

釘背龍也試過出門旅遊不住旅館，

索性自己帶一個睡袋。但是，幾天下來，他帶的睡袋已經不是睡袋，而像漁網了，因為上面全是洞洞。

睡覺的問題，弄得釘背龍很心煩。

但是，釘背龍還是喜歡旅遊。這一回，他來到了一個風景很美麗的地方——深山老林裏的一個地方，聽說這裏盛產核桃。

天慢慢黑下來，釘背龍又發愁了：「我到哪裏去住呢？」

忽然，有一家旅館的老闆看到釘背龍，主動跟他說：「來來來，到我們旅館來住吧。」

釘背龍說：「這個……你看我的背，還讓我住嗎？」

旅館的老闆很仔細地看看釘背龍的背，還用小榔頭輕輕敲敲，然後說：「可以。」

「我可以住旅館了？」釘背龍很高興。

老闆點點頭：「是的，而且是免費給你住。」

釘背龍簡直又驚又喜，竟讓他碰到這麼好的事！

這家旅館的牀有點特別，釘背龍睡上去感覺不怎麼軟，不知道下面墊了些什麼東西。因為睡着不舒服，釘背龍就老是翻身。

「咔嚓，咔嚓……」

只要釘背龍一翻身，牀墊子裏就有

東西響。

釘背龍白天玩累了，再說，他的背也特別硬，所以他還是睡得很香。

第二天早上起來，釘背龍一看，牀單上沒有洞洞呀。再仔細一看，原來牀

單是用鐵皮做的。

「怪不得睡着這麼涼呢。」釘背龍想。

出門的時候，旅館的老闆對他說：「歡迎你今天晚上再來我店裏住，還給你免費。」

釘背龍很高興。他剛走出旅館，一下子很多人圍住了他：「來住我的旅館吧，不但免費，還送早餐。」

「住我的旅館吧，不但免費、送早餐，還報銷打車費。」

「……」

釘背龍不明白了，這到底是怎麼回事啊？他們不怕我的骨刺嗎？

到了晚上，他躺到牀上去的時候，

留了一個心眼：他掀起鐵皮牀單，看到下面放着許多核桃。

釘背龍睡了一夜醒來，再掀起鐵皮牀單，發現所有的核桃都已經碾開了殼，核桃仁從裏面掉了出來。

「原來，我睡覺的時候，已經把核桃碾開了。他們把我的釘背當工具用了呀……」釘背龍想。

從這天以後，釘背龍在自己的背上掛了一塊牌子，上面寫着：誰想請我住旅館，不但需要免費、送早餐、報銷打車費，每天還要付五十元的工資。

樹上的吊鐘

小烏龜一天天地長大了，背上的殼也長大了。他很高興，因為長大了，就能去森林小學上學了。

「學校會是什麼樣子呢？」小烏龜背着新書包，往學校走。

可是，學校裏靜悄悄的，一個人也沒有。這裏好像已經好久沒有上過課了，教室裏積了厚厚的一層灰。

小烏龜在操場上發現一個坐着正發

愁的猩猩，便問道：「咦？您是誰？」

「唉，我是校長，現在學校放長假了……」猩猩校長無精打采地說。

「放長假？為什麼呀？」小烏龜不解地問，「我還想來上學呢！」

猩猩校長默默地看了小烏龜一眼：「這都是因為學校的大吊鐘壞了，上課的鐘再也敲不響了……」

說到這裏，猩猩校長難過地流下了眼淚。

「校長，您別難過，快用我的大背殼來做吊鐘吧！」小烏龜把大背殼脫下來，交到了猩猩校長的手裏。

「那好，我試試看吧……」猩猩校長用繩子把大背殼捆好，掛到樹上去。

「噹，噹，噹！」學校的鐘聲又響起來了。

「噹，噹，噹！」小動物們聽到了鐘聲，都背着書包來上課了。小動物們高興地喊：「又開學啦，又開學啦！」

上課了，猩猩校長走到了講台上：「同學們，快坐好。」

小動物們都安安靜靜地坐好了，小烏龜坐在最後一排。

「同學們，」猩猩校長看了看小烏龜，「今天，我要特別感謝小烏龜，他用自己的殼，做了我們的大吊鐘……」

小動物們都回過頭去看小烏龜。

「你們瞧，為了把鐘敲得響一點，差點把大背殼都敲破了……」猩猩校長捧着大背殼給同學們看，上面有好多被敲過的印子。

「阿嚏！」一個響亮的噴嚏在教室後面傳來，大家這才發現小烏龜正冷得

發抖呢。

猩猩校長趕緊把大背殼還給小烏龜：「真是對不起，小烏龜。今天能開學，多虧了你呀！」

「沒什麼。其實能讓大背殼派上用場，我心裏巴不得呢。」小烏龜說。

咚咚鼓

路邊有一隻可口可樂的空罐子。風一吹，骨碌碌滾到東，骨碌碌滾到西。

小螃蟹在散步的時候，用硬硬的身子碰了它一下。咚的一聲響，聲音怪怪的。

小螃蟹爬過去，用大鉗子敲了它一下。「咚！」又是一聲響。聲音好響，嚇了小螃蟹一跳。

這是個好東西，小螃蟹骨碌碌骨碌

碌把它推回了家。「我可以把它當鼓來敲。」他想。

咚咚咚，咚咚咚……

小螃蟹不停地敲他的鼓，從

早敲到晚。他覺得很奇怪，當他的大鉗子用力地敲在鼓上，發出咚咚響聲的時候，他一點煩惱也沒有了。

這鼓可真好！「咚咚咚，咚咚咚……」

不過，小螃蟹的鄰居們可不喜歡聽這種鼓聲。好吵呀，好煩呀！

小青蛙來說：「小螃蟹呀，你能不能不敲你的破鼓？吵得我嗓子痛！」

小魚兒游到水面上來說：「小螃蟹呀，你一敲鼓，震得水亂搖，害得我頭都暈了。」

小烏龜來說：「你老敲，老敲，我背上的裂縫又要開啦！」

小螃蟹默默望着大家，被大家罵得

無言以對。

不過，他實在太喜歡他的鼓了，只好每天推着鼓，骨碌碌，骨碌碌，推到沒人的地方繼續敲。「咚咚咚，咚咚咚……」

慢慢地，小螃蟹覺得，他能用鼓聲說出心裏想說的話，可又不知道怎麼

說話了。再後來，這鼓聲就是他自己的聲音，他變成了一隻鼓，一隻會快樂、會悲傷的可樂罐鼓。「咚咚咚，咚咚咚……」

這鼓聲，好像是這靜靜的大地在說着什麼，好像是這淡淡的月亮在說着什麼，好像是這涼涼的風在說着什麼……

草葉上，有一滴露珠掉了下來。小草被感動了。

「咚咚咚，咚咚咚……」小螃蟹還在敲他的鼓。

等他停下來的時候，他才看見，小青蛙、小烏龜坐在他旁邊聽。他們的眼睛都直直的，好像在望着老遠老遠的地方。

「你們……」小螃蟹以為他們又要來趕他了。

「我們……是想來……聽着，聽着，就忘了……」小青蛙和小烏龜很難為情地說，他們想來請小螃蟹回去，因為聽着鼓聲，身上好像會產生一種力量。還有，小魚兒也想聽，但他又不能游到這裏來……

「好吧。」小螃蟹說。

骨碌碌，骨碌碌，小螃蟹推着可樂罐鼓，回家去。

水面上，小魚兒正在游來游去，等着聽這鼓聲。

千里眼和順風耳

千里眼阿遠辦了一個俱樂部，只要參加他的俱樂部，就可以享受千里眼提供的服務。

千里眼阿遠有什麼服務呢？

「現在，我看見，在三千里遠的地方，有一隻烏龜在哭。」阿遠對會員們說。

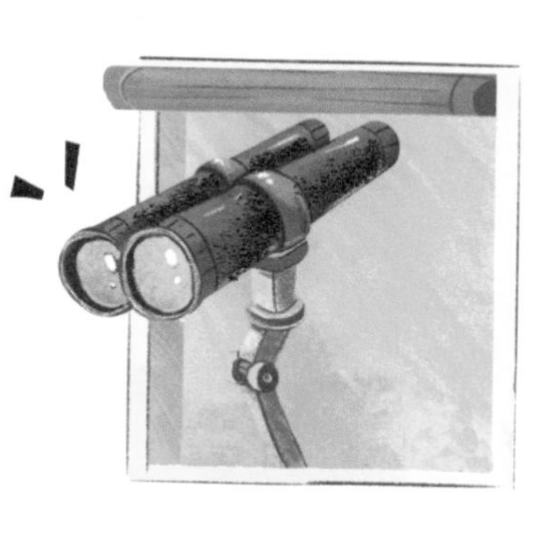

他提供的服務就是：告訴大家遠方的某一個情景。

會員們問：「那烏龜為什麼哭呢？」

阿遠說：「這個我不知道，因為我聽不見烏龜在說什麼……」

知道烏龜在哭，卻不知道為什麼哭，這讓會員們不太滿意，慢慢地，阿遠辦的俱樂部會員越來越少了。

這時候，順風耳阿聞辦了一個俱樂部。他說：「請大家參加我的俱樂部，我能提供更好的服務。」

他能提供什麼服務呢？

「三千里遠的地方，有一個悲傷的聲音在哭，他一邊哭一邊說：『我親愛的奶奶去世了，她才活了五百歲啊……』」

他提供的服務就是告訴大家遠方正在發出的聲音。

「那麼，是誰在哭呢？誰能活五百歲還嫌時間短呢？」會員們很好奇。阿聞說：「這個我不知道，因為我看不見是誰在哭。」

知道有活了五百歲的奶奶，卻不知道她是誰，這讓會員們不太滿意，慢慢地，阿聞辦的俱樂部會員越來越少了。

很快，千里眼和順風耳這兩個俱樂部都辦不下去，快要關門了。

這一天，阿遠和阿聞在路上遇到了。阿遠和阿聞決定，把兩個俱樂部合成一個，然後，再辦一份報紙。這報紙就叫作《天下新聞報》，意思是：凡是天下發生的新聞，這張報紙上都有。

《天下新聞報》登出的第一條消息是：「上個月，烏龜冬冬的奶奶因病去

世，享年五百歲。她是世界上活得最久的烏龜……」

阿遠和阿聞兩個人總是坐在他們高高的樓上，整天趴在窗口，一個看着遠方，一個聽着遠方——他們這是在搜集新聞呢。

讓我們來看看這些新聞：《非洲獅呼嚕聲太大吵醒妻子》、《企鵝王不愛穿鞋腳生凍瘡》、《北極熊一個噴嚏擊碎厚厚的冰層》、《鯊魚藍鯨海底吵架受到批評》……

因為登出來的新聞真實、有趣，《天下新聞報》發行量越來越大。

稀奇的滑梯和鞦韆

在很遠很遠的一片熱帶森林裏，有一頭長頸鹿。長頸鹿在一個地方待膩了，很想到別的地方去玩玩。

「啊嗚！」長頸鹿一口咬住了一架剛剛起飛的飛機的尾巴。

但沒過多久長頸鹿就咬不住了，從飛機上掉下來，掉進了一個大湖裏，激起了很大的浪花。動物們從來沒有見過這種長脖子鹿，當然嚇一大跳。在這個動物園裏，是沒有長頸鹿的。

大夥動用直升機終於把長頸鹿整個兒拉出來，放到了岸上。

長頸鹿躺在地上，眼睛還是閉着的，一動也不動，好像死了一樣。

小貓害怕地說：「小鹿怎麼變這麼大啦？」

小狗說：「大概是在水裏泡久了，泡脹了吧？」

「他的脖子怎麼變得這麼長啦？」小貓又問。

小松鼠說：「都怪猴子警察，他用飛機一拉，還不把小鹿的脖子拉長呀！」

小刺蝟說：「糟了，小鹿醒來，會

要我們賠脖子的。怎麼辦呢？」

大家都開始擔心了。猴子警察趕緊把直升機開走了。

長頸鹿醒來了，睜開了眼睛。

大家圍着他輕輕地叫：「小鹿！小鹿！」

長頸鹿奇怪地問：「咦，你們是誰？怎麼叫我小鹿？」

「小鹿，你在水裏泡久了，就不認識我們啦？」大家更奇怪了。

長頸鹿説：「我叫長頸鹿，是從熱帶森林咬飛機到這兒來的。」長頸鹿把他的經歷，講了一遍。

「哈，原來你不是小鹿！那，我們叫你拉拉吧。因為，你是從水里拉起來

的。」

「拉拉，歡迎你到我們動物園來！」大家齊聲說。

「拉拉，」小松鼠問，「你長了一個這麼長的脖子，有什麼用呀？」

拉拉想：是呀，我的長脖子到底有什麼用呢？……啊，對了，我的長脖子可以做滑梯！

「真的？真的？」大家都覺得稀奇。

拉拉把脖子往前伸得斜斜的，說：「瞧，這不是滑梯嗎？」

小貓第一個爬到拉拉的背上，然後，她就沿着拉拉的脖子，唰的滑了下來。

「哎呀，脖子滑梯真好玩！」小松鼠樂得直叫。

接着，小貓又爬上去，滑了一次，她開心地一邊滑，一邊尖叫。

「我也要坐滑梯！我也要坐滑梯！」兩隻小松鼠直嚷嚷。兩隻小松鼠也開心地滑了一次。

小狗也想坐坐脖子滑梯，可是他爬不上去。

小刺蝟說：「我也要坐！」

大家都說：「不行，你的刺，會把拉拉的脖子刺出血的。」

小刺蝟只好待在一邊，心裏挺難過的：我背上的刺真討厭！

袋鼠媽媽也很想坐拉拉的脖子滑

梯。可是，她已經是媽媽了，坐滑梯多難為情呀。她只好在一邊看。

小松鼠、小貓和兩隻小袋鼠在拉拉的脖子滑梯上，玩了一次又一次。

拉拉看到小狗、小刺蝟和袋鼠媽媽不能玩滑梯，就又想了一個主意。

拉拉說：「我呀，還能做鞦韆哩！」

「真的？真的？」大家感到稀奇死了。

拉拉說：「在我的脖子上掛上兩根繩子，在繩子下面綁上一塊木板，不就是鞦韆了嗎？」

「對呀，對呀！」大家趕緊找來一塊木板，用繩子綁好了。

小狗和小刺蝟先跳上木板。接着，

袋鼠媽媽抱着兩個孩子，也跳了上去。小貓和小松鼠在下面推着。

鞦韆開始盪起來了，一下，又一下，越盪越高。

小狗緊緊抓住繩子，不停地問兩隻小袋鼠：「好玩嗎？好玩嗎？」

只有小刺蝟的刺在木板上扎得牢牢的，怎麼也不會掉下來。小刺蝟說：「嘻，我的刺世界第一！」

小狗他們盪了好一會兒，都跳下來，讓小貓和小松鼠盪。

小貓和小松鼠才盪了一會兒，拉拉就叫起來：「累死啦，累死啦！」

拉拉這麼一喊，大家都不好意思了。小貓趕緊跳下來，小松鼠趕緊爬到拉拉頭上，把鞦韆繩子解開。

大家說：「拉拉，對不起！」

拉拉說：「其實呀，我一點也不累，我是想到別的地方去玩玩。」

說着，拉拉邊說「再見！」邊跑開了。

災難快要來了

紅草莓村是一個開心的村莊，裏面沒什麼不開心的事發生。

可是，突然有一天，大家剛剛起牀，就見小刺蝟氣急敗壞地從山上跑下來，大聲喊着：「不好啦，不好啦！災難快要來啦！」

大家一下子把小刺蝟圍住了。「怎麼啦？發生什麼事啦？」小刺蝟往山上一指，用發抖的聲音說：「你們看！」

離紅草莓村最近的那座山上，一塊巨大的岩石正在風裏一晃一晃地搖着，很快就要滾下來了。要是這塊巨石滾下來，就一定會滾過紅草莓村，那樣，整個紅草莓村就會變成一片廢墟。

啊，太可怕了！

「怎麼辦呀，」蛤蟆小姐說，「我是不是要把高跟鞋脫下來逃呀？」

「還是找個地方躲起來吧？」小兔子說。

「不行，不行，」小刺蝟說，「我們要保護紅草莓村，這裏是我們的家園哪！我們大家一起到山上去，用力推，把大石頭推到山谷裏吧！」

大家都覺得小刺蝟說得有道理。於是，小刺蝟、小兔子、大河馬、蛤蟆小姐，還有山貓，一起往山上跑去。

大家來到這塊巨石面前，只見它除了一點點擱在山上，大部分都是懸空的，整個兒往下傾斜，隨時都要滾下來。

小刺蝟說：「我來喊口令，大家使勁推。」

「一、二、三、推——！」

大家使出了最大的勁，可是，巨石只稍微動了一下，怎麼也不能把它推下山谷去。

原來，有一塊石頭在下面把巨石卡住了。這塊石頭卡得很緊，誰也沒有力氣把它撬出來。怎麼辦呀？怎麼辦呀？

這時候，剛過完一百歲生日的老野牛拄着拐杖，上山來了。他年紀這麼大了，怎麼還來呀？

「我想，」老野牛說，「我的角還會有點用處的。讓我來試試吧。」

老野牛把他的一對彎彎的角，有力地插進石縫裏，開始撬那塊卡着的石頭。他屏住氣，臉漲得通紅，死命撬着。

石頭動了一點點，又動了一點點，忽然，咔的一下，卡住的石頭被撬出來了！大家使勁一推巨石，巨石就往山谷滾下去了。接着，發出了一聲巨響：「轟隆隆隆！」

「萬歲！」大家都歡呼起來，「紅草莓村得救啦！紅草莓村得救啦！」

忽然，大家看見：老野牛耗盡了他最後一點力氣，躺在地上，紅紅的血從他的頭上不斷地淌出來。他的兩隻角斷了，掉落在地上……

「野牛公公，野牛公公，你怎麼啦？」小兔子哭着叫道。

老野牛搖搖頭，吃力地說：「我不行了，把我抬回家吧……」

大家流着眼淚，一起抬着老野牛，慢慢往山下走。誰也沒有說一句話。他們都聽着老野牛那輕輕的呼吸聲。

小刺蝟背上有刺，不能抬老野牛。他把老野牛的兩隻角，緊緊地抱在胸口。

就是這兩隻彎彎的、布滿傷痕的角，救了整個紅草莓村啊！

大家把老野牛抬進他的草屋，抬到他的牀上。老野牛看了看大家，用很輕的聲音說：「紅蜻蜓……我看見了紅蜻蜓……」

說完，老野牛閉上了眼睛。

霸王龍的大頭

有一天，霸王龍正在走路，忽然覺得脖子好累。

「我的脖子好累，讓我把頭擱在石頭上休息一會兒。」霸王龍對自己說。

他走到池塘旁邊，把頭擱在一塊大石頭上。這樣，他的脖子就能休息一會兒。

霸王龍朝池塘裏一看，看到了自己在水面上的倒影，忽然明白了。「怪不得我的脖子那麼累，原來是我的頭太大了。」

霸王龍確實有一個大頭，同他的身子比起來，他的頭顯得特別大，而他的脖子又太細。

從此以後，霸王龍就常常會把頭擱在石頭上，讓脖子休息休息。如果有時

候找不到合適的石頭，霸王龍會找一根樹枝，支在下巴上，這樣，也可以讓脖子得到休息。

大家都知道，如果有誰用一根樹枝支在下巴上，那他一定沒辦法走來走去，也沒有辦法做其他什麼事了。

霸王龍也是這樣，每當讓脖子休息的時候，他就很無聊。

「最好，小動物們能在我的身邊玩，這樣，就不無聊了。」霸王龍想。

遠處，有幾個小動物正在那裏玩得很開心。

「喂，小朋友們，你們到這裏來玩，好不好啊？」霸王龍朝他們喊。可是，小動物們不願意過來玩。

看到大家不願意來，霸王龍就開始唸咒語：「咕嚕咕嚕，下雨吧，咕嚕咕嚕，下雨吧……」

這樣一直唸一直唸，唸了一萬遍，天上真的開始下雨了。

其實這就是霸王龍的本事。這是個秘密，霸王龍從來不說。

一看下雨了，正在玩的小動物就開始找躲雨的地方。

找來找去，哪裏也沒有躲雨的地方。最後，小動物們終於找到了一個躲雨的地方，那就是霸王龍的大頭下面。因為他的下巴支着樹枝，就有一塊地方正好被他的大頭擋住，雨淋不到。

小動物們都跑過來，躲在霸王龍的大頭下面。

這是霸王龍最開心的時候。現在，他能夠和小動物們待在一起，他還能給小動物們講笑話，講故事了：「從前有一隻兔子，種了一個蘿蔔……」

霸王龍的故事才講了一半，雨停了。小動物們連故事也沒有聽完，又跑去玩了。

「唉……」霸王龍歎了一口氣，「我知道，我唸咒語下的雨，最多只能下十分鐘，如果要再讓天下雨的話，我就還得唸一萬遍『咕嚕咕嚕，下雨吧』……」

是啊，誰都怕孤獨，而老是站在一個地方用樹枝支着下巴的霸王龍，也怕孤獨。

不過，霸王龍也有特別開心的時候，那就是收割麥子的時候。因為割麥子的時候，如果下雨的話，就會很麻煩。為了防止霸王龍又唸咒語下雨，影響割麥子，大家就會叫小動物們整天陪着霸王龍玩。

霸王龍把這一天看作是自己最快樂的節日。

抱抱的煩惱

小章魚抱抱長着八隻腳，但這些腳常常給他帶來煩惱。抱抱的煩惱是什麼呢？

比如，抱抱慢悠悠地游着，如果前面出現了一隻罐子，他就會衝上去，用八隻腳緊緊抱住它，而且一抱就是老半天，什麼事也做不了。

好不容易鬆開了那個罐子，又開始慢慢游的時候，如果前面再出現一隻箱

子，抱抱又會衝上去，緊緊地抱住它。這一抱，又是老半天。

「這就是我的煩惱。為什麼我總會去抱這些東西呢？也許我閉上眼睛會好一點……」抱抱說。

但是，他閉着眼睛游的時候，他

的腳碰上一隻盤子，還是會緊緊地抱住它。

這天，抱抱一路游着，正在擔心自己會抱上什麼東西的時候，潛水員小狐狸正在費力地往下游。

「真難，真難，在海底找寶貝就是難……」

小狐狸一路嘀嘀咕咕，並且東張西望。

忽然，小狐狸叫起來：「哇，寶貝耶！」他撿起來的是一隻抱抱曾經抱過的箱子。

「哇，又是寶貝耶！」小狐狸這回撿起來一隻抱抱曾經抱過的罐子。

「哇，還是寶貝耶！」小狐狸又撿

起來抱抱曾經抱過的那隻盤子。

「全部都是古董，」小狐狸得意洋洋，高興地對抱抱說，「把它們陳列在我的博物館裏，真是太棒了！」

「這些東西，」抱抱說，「怎麼都是我抱過的……」

「真的嗎？哇，這說明你是找寶貝高手啊！」小狐狸摸出一張名片交給抱

抱，「再發現寶貝，給我打電話。」

小狐狸走了之後，抱抱有一種非常特別的感覺：「原來，我不認識寶貝，我的八隻腳卻認識……」

從此以後，抱抱在海裏游的時候，竟然希望能像以前一樣：自己忽然衝上去，抱住一樣什麼東西。

「不用說，那樣東西一定是寶貝，它可以一直陳列在博物館裏，」抱抱想，「並且，最重要的是，那是我發現的。」

煩惱的大角

有一頭小鹿，他頭上的角長得特別大。

「我好煩我的一對大角。」小鹿對自己說。

是啊，特別大的角會有特別多的麻煩。

大家都到小兔家去做客，只有他進不去，因為，他的角太大，門太小了。

他到市場裏去玩，當他走出市場

的時候，很多擺攤的攤主追上來了，抓住小鹿：「喂，你這個小鹿，怎麼亂拿我的商品啊？」小鹿說：「我沒有拿啊！」

原來，他一邊走，大角一邊把人家掛着的商品都鈎下來了，連他自己都不知道。

有一次，小鹿摔了一跤，他的大角插進了泥地裏。他就這樣四腳朝天過了好久，太陽把他的肚子曬得好燙，直到大家把他救下來。

「我的大角真是好煩哪。」小鹿想，「它到處惹麻煩，我的大角真不好……」

小鹿這麼想着，傷心地哭了起來。

哭着哭着，小鹿睡着了。

　　當小鹿醒來的時候，看到很多小伙伴圍着他，朝他笑。小鹿說：「你們為什麼看着我笑？是不是在笑我惹麻煩的大角？」大家聽了他的話，笑得更厲害了。

　　原來，小鹿的角上曬着很多東西。

小貓在曬她的蝴蝶結，小松鼠在曬她的圍巾，小兔在曬她的手帕。還有，手套是鼹鼠的，鞋子是小猴的，小背心是小熊的。

小貓拿出一面小鏡子，交給小鹿：「你自己看看吧。」

朝小鏡子裏一看，小鹿也驚奇地叫出聲來：「啊！」

大家説：「小鹿啊，你的大角真有用，我們都需要它。」

小鹿也高興地説：「上面曬着這麼多東西啊，讓我來猜猜，它們都是誰的。」

當然啦，小鹿的大角可不只是能晾曬東西啊。

有一次，有幾隻小鳥在小鹿的大角上做了窩。小鳥說：「以後，我們就做鄰居吧，你到哪，我們也就到哪。」

還有一次，太陽曬得太熱了，小鹿在大角上撐了一大塊布，小伙伴們都到小鹿的身邊來乘涼。

最棒的一次是聖誕節的時候，好多小伙伴都往他的大角上繫禮物，原來大

家把他當成了一棵聖誕樹。他一邊走，大角上的禮物就叮叮噹噹響，那種感覺真是好極了。

「現在，我好喜歡我的大角啊。」小鹿對自己說。

流星花

太陽一升起，花兒們都開了。花兒最愛美，她們總是在白天開放，大家在一起比美。

有一朵花，長得小小的、瘦瘦的，很醜。醜小花雖然醜，但她也是很愛美的。每天，她都早早地開了，向着太陽仰起笑臉，讓太陽在她臉上塗一層金色。她總說：「我也要比美……」

花兒們都笑她：「你比什麼呀？花

兒裏，你最醜了！」醜小花聽了，不難過。她輕輕回答：「我明天再開，開得再好一點……」她不怕難為情，第二天又開了，她天天都開。

晚上，星星出來了。所有的花兒都收攏花瓣，睡覺了。醜小花也收攏了花瓣，她沒睡，她喜歡看天上的星星。她最喜歡看的，是她頭頂上那顆星星。那是顆很老很老的星星，已經不太亮了。醜小花夜裏都要看這顆老星星。

一天夜裏，老星星突然歎了一口氣：「唉……」醜小花問：「老星星，你幹嗎不高興？」

老星星說：「每晚，我們星星出來，花兒就睡了。我從來沒見過開放的花兒。現在我老了，快要離開這個世界了，真想看一看開放的花兒……」

醜小花說：「那，我請最美的花兒開給你看！你等一會兒。」

醜小花叫醒了牡丹花，牡丹花說：「不開不開，明天比美的時候我才開！」

醜小花叫醒了玫瑰花，玫瑰花

也說：「不開不開，比美的時候我才開！」

美麗的花兒，沒有一朵肯在夜裏開。

「老星星，我……長得醜，你看了……別難過……」醜小花只好把自己的花瓣張開了。她的花，小小的、瘦瘦的。

天上傳來了老星星的聲音：「啊，多美的花兒，真美……謝謝……」老星星說完，變成了一顆流星落下來，流星落到了醜小花的花瓣上。

突然間，醜小花再也不是醜小花了，她變成了一朵最美最美的流星花，花瓣上永遠閃着一顆星星。

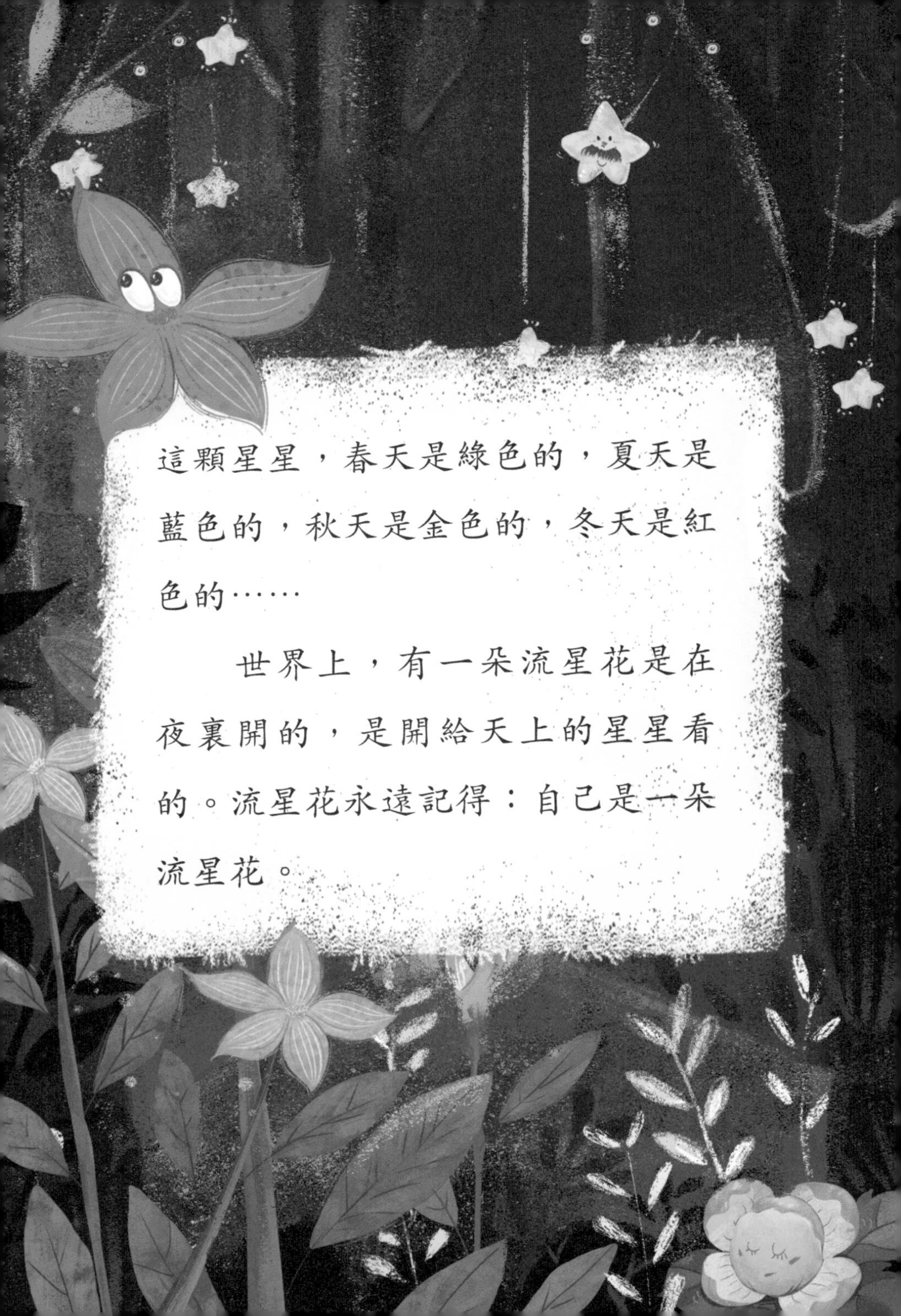

這顆星星，春天是綠色的，夏天是藍色的，秋天是金色的，冬天是紅色的……

世界上，有一朵流星花是在夜裏開的，是開給天上的星星看的。流星花永遠記得：自己是一朵流星花。

大熊的歌聲

大熊從農田出發，走幾分鐘的路，就來到了沙灘。

中午，大熊會躺在軟軟的沙灘上，曬着太陽，聽着大海浪濤的聲音。這裏常常只有大熊一個人。

這天，又是大熊一個人躺在軟軟的沙灘上，他便開始唱歌。唱歌是大熊很喜歡的事，但是，他唱得不好，嗓音難聽，所以，有人的時候，他是不敢唱的。

開始，大熊只是輕輕地唱：「啦啦啦……」

唱了幾句，只聽啪啦一聲響，海裏有一條魚跳到了沙灘上。

「啦啦啦……」大熊接着又唱了幾句，「啪啦！」又有一條魚跳到了沙灘上。

「奇怪，為什麼我一唱歌，魚就會從海裏跳上來呢？」

大熊停住不唱了，就再沒有魚從海裏跳上來。他再接着唱，又有魚會跳上來。

大熊高興極了：「哈，原來，我的歌聲會把魚引來呀！太好了，太好了！」

大熊就繼續唱：「啦啦啦……」

「啪啦！啪啦！啪啦！」又有好幾條魚跳到了沙灘上。這些魚不大不小，正是他平時最喜歡釣也最喜歡吃的那種。

「啦啦啦……」大熊大聲地唱起來，他想：我要把遠一點的魚也引過來……

忽然，大海裏掀起了一個巨浪，接着，發出了一聲巨響。

「轟——」一頭巨大的藍鯨跳到了沙灘上。

「哇！」大熊驚呆了，「這下可闖禍了……」藍鯨如果這麼一直躺在沙灘上的話，會死的。

「得趕快救牠！」大熊只好去叫人，叫來了老神仙、眉眉、島島，還去八彩谷叫來了很多人。聽到要救藍鯨，三胞胎也來了，就連孤獨狼也來了。

所有的人一齊用力，推的推，拉的拉，好不容易把藍鯨挪到了海裏。

看着藍鯨慢悠悠地游遠了，大家才鬆了一口氣。

「呀呸！真是沒事找事，什麼魚不能釣，把藍鯨給釣上來了。呀呸！」孤獨狼雖然心裏挺高興的，嘴上卻罵罵咧咧的。

雖然大熊的歌聲能釣魚，但是，也可能會把藍鯨引到岸上來，說不定，連可怕的鯊魚也會被引來。

從此以後，大熊再也不敢在海邊唱歌了。

冰波心靈成長童話集 3

釘背龍住旅館

作　　者：冰波
插　　圖：雨青工作室
責任編輯：陳友娣
美術設計：陳雅琳
出　　版：新雅文化事業有限公司
香港英皇道499號北角工業大廈18樓
電話：(852) 2138 7998
傳真：(852) 2597 4003
網址：http://www.sunya.com.hk
電郵：marketing@sunya.com.hk
發　　行：香港聯合書刊物流有限公司
香港荃灣德士古道220-248號荃灣工業中心16樓
電話：(852) 2150 2100
傳真：(852) 2407 3062
電郵：info@suplogistics.com.hk
印　　刷：中華商務彩色印刷有限公司
香港新界大埔汀麗路36號
版　　次：二〇二一年一月初版
二〇二三年七月第二次印刷

ISBN: 978-962-08-7664-6

18/F, North Point Industrial Building, 499 King's Road, Hong Kong
Published in Hong Kong
Published in Hong Kong SAR, China
Printed in China